Vovó é Poder

Vovó é Poder
Carpinejar

Ilustrações: Anacardia

1ª edição

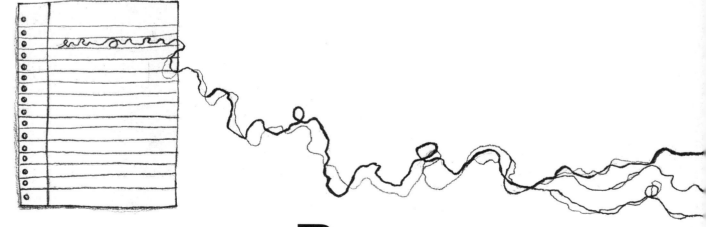

BERTRAND BRASIL
Rio de Janeiro | 2022

CIP-BRASIL. CATALOGAÇÃO NA PUBLICAÇÃO
SINDICATO NACIONAL DOS EDITORES DE LIVROS, RJ

C298v

Carpinejar, Fabrício, 1972-
  Vovó é poder / Fabrício Carpinejar ; ilustração Anacardia. - 1. ed. – Rio de Janeiro : Bertrand Brasil, 2022.
    : il.

  ISBN 978-65-5838-094-8

  1. Ficção. 2. Literatura infantojuvenil brasileira. I. Anacardia. II. Título.

22-76696
CDD: 808.899282
CDU: 82-93(81)

Meri Gleice Rodrigues de Souza - Bibliotecária - CRB-7/6439

Copyright © Fabrício Carpinejar, 2022
Copyright das ilustrações © Anacardia, 2022

Texto revisado segundo o novo Acordo Ortográfico da Língua Portuguesa.

Todos os direitos reservados.
Não é permitida a reprodução total ou parcial desta obra, por quaisquer meios, sem a prévia autorização por escrito da Editora.

Direitos exclusivos de publicação em língua portuguesa somente para o Brasil adquiridos pela:
EDITORA BERTRAND BRASIL LTDA.
Rua Argentina, 171 — 3º andar — São Cristóvão
20921-380 — Rio de Janeiro — RJ
Tel.: (21) 2585-2000

Seja um leitor preferencial. Cadastre-se no site www.record.com.br e receba informações sobre nossos lançamentos e nossas promoções.

Atendimento e venda direta ao leitor:
sac@record.com.br

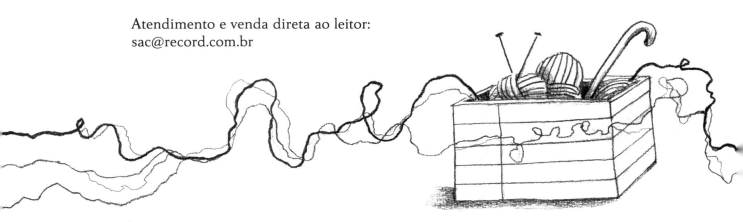

A professora disse que temos que cuidar da Terceira Idade. Das pessoas mais velhas.

Fizemos até uma tarefa sobre o tema entre os coleguinhas, com cartaz no quadro e apresentação para a turma. Eu sou tímida, achei melhor escrever. Falei só um pouquinho lá na frente, mas me lembro de cada uma das palavras. Escrever é decorar. Tudo o que vai na nossa letra é memorizado. Estudo assim para as provas, copiando as lições dos cadernos.

No trabalhinho em grupo, vimos que existem 28 milhões de idosos no país. Em 2031, serão 43 milhões. Nem todos vivem bem. A maior parte se aposentou e precisa continuar trabalhando. Há idosos que foram abandonados pelos filhos em asilos.

Há idosos trancados em casa por um problema de saúde, presos pela família no quarto, sem nada para fazer. Há idosos que não têm com quem conversar, que não são ouvidos nem abraçados. Há idosos chorando maus-tratos.

Eu quase chorei junto. Parece que não são vistos. Parece que deixaram de existir. Foram postos em caixinhas fechadas.

Até porque não conheço essa realidade de perto. Sou de outra realidade. Como pode alguém viver uma outra realidade dentro da mesma realidade? Por que não vivemos todos a mesma realidade?

A professora explicou que enxergamos diferente devido à desigualdade social.

Tive sorte.

Minha vovó nem velha é.

Vovó é nova. Vovó é jovem. Nem por isso é menos vovó.

Vovó perto da minha mãe é confundida como se fosse a sua irmã.

Mamãe tem 30 anos. Vovó tem 50 anos.

É como se mamãe tivesse 20 anos. E vovó tivesse 40 anos.

A idade está difícil hoje de acompanhar: na minha realidade, cada um tem 10 anos a menos da idade que tem.

Não dá para confiar na data de nascimento.

Eu tenho 10 anos. Mas não significa que tenho 0 anos agora. Não sou um bebê.

Tiram-se 10 anos depois dos 30 anos. Senão as pessoas ficariam com idade negativa.

Minha vovó não é vovó dos livros infantis.

Não faz tricô, não tem cabelo branco, não põe xale nas costas, não tem bengala, não caminha devagar, não toma sopa com barulho.

É muito diferente.

Ela corre toda manhã.

Ela anda de bicicleta.

Ela luta caratê.

Ela dança com as amigas.

Ela trabalha numa grande empresa.

Ela usa aparelho como eu. Acredita? Decidiu arrumar os dentes. Vamos ao mesmo dentista.

Vovó usa biquíni na piscina e desfila.

Vovó brinca de verdade nas águas. E me lança em suas costas como se fosse um foguete. É um tobogã apenas meu. Desperta inveja nos pais encolhidos de sunga e bermuda nas cadeiras.

Vovó é forte e bonita.

É feliz morando sozinha. Sua casa é mais colorida do que a nossa. Cheguei a me perder com tantas paredes diferentes.

Ela riu de mim:

— Quem se perde conhece caminhos novos.

Mas não gosto de me perder, gosto dos caminhos que conheço. De saber aonde estou indo.

Acho que a minha vó tem namorados. Muitos namorados. Já não está com o meu avô faz séculos.

O avô tem aparência de 60 anos, apesar dos 50 anos. Mas não fala para ele. Algo deu errado em suas contas. Talvez esteja sofrendo de desigualdade social.

A vó se ama muito. E me ama mais ainda. Nem preciso perguntar para descobrir. Tá na cara.

Quando estamos lado a lado, a minha vó lembra uma segunda mãe.

— É a sua filha? — perguntam na rua para ela quando nos observam passeando.

É uma mãe fora do tempo. Só que mais doce, com mais tempo. Vó é uma mãe com mais saudade.

Ela tem celular. Ela tira *selfies* nossas. Mas não sofre com as mensagens que entram, como a minha mãe.

Apita uma mensagem, e a minha mãe vira estátua:

— Um minutinho! Deixa somente responder. É rapidinho.

O minutinho leva horas, leva o almoço, leva o jantar, leva o banho, leva o sono embora.

Já sei que perdi a minha mãe para o celular.

Nunca perco a minha vó para nada. Ela está comigo e só comigo. Ela fica me encarando por um longo silêncio, mexe em minha franja e comenta:

— Seus cabelos são tão brilhantes.

Sempre que tem silêncio antes das palavras, vem uma frase esquisita.

Meus cabelos são pretos. Mas para a vó são brilhantes.

Ela enxerga o mundo com mais vida, com mais liberdade.

Não sofre com o que eu posso fazer. Minha mãe sempre está dizendo não!

— Não mexe! Não vai lá! Não quebra!

Mãe é não. Vó é sim.

Mãe é cuidado. Vó é coragem.

Para a mãe, sempre estou me machucando. Para a vó, sempre estou conseguindo.

Para a mãe, sempre estou aprontando. Para a vó, sempre estou aprendendo.

A vó também nunca está de regime comigo. A mãe sempre está de regime.

Não pode sorvete, não pode pipoca, não pode chocolate.

Vó pode sorvete, pode pipoca, pode chocolate.

É como se mãe fosse não poder nada. Vó fosse poder tudo.

Vovó é poder.

Vovó tem uma coleção de óculos, de relógios, de brincos, de colares.

Vivo experimentando e me fantasiando no espelho.

Com os óculos, posso ser uma abelha. Um gafanhoto. Uma mosca. Um pica-pau.

É cobrindo os olhos que mudamos de figura, somos uma nova gente. Gente-bicho.

Ela me empresta qualquer coisa e não me xinga com medo de perder.

Quando a mãe me empresta algo, eu sei que vou perder. Quando a vó me empresta algo, eu sei que nunca vou perder.

É pensamento positivo. Pensar no bem faz o bem acontecer.

Com a mãe, penso no pior e acontece o pior. Fico sofrendo antes de sofrer. Sofro esperando sofrer.

Mas, depois que visito a minha vó, eu amo mais a minha mãe.

Porque a vó me conta o que a minha mãe fazia quando era menina.

E percebo que a minha mãe já foi criança. Já foi como eu. E entendo também que a minha mãe ficará igual a minha vó. Ou quem sabe já seja muito ela, só que não vejo ainda com os olhos do futuro.

Vó é a mãe da mãe.

Ela reconhece a minha mãe como se fosse a minha irmã.

Quando eu tiver 30 anos, serei irmã de minha mãe. E terei 20 anos. Não sei se me entendeu.

Mas o que eu queria mesmo era salvar todos os idosos das caixinhas. Para que fossem como a minha vó, ou como minha mãe será um dia.

Este livro foi composto na tipografia
Carre Noir Std em corpo 13/18,
e impresso em papel offset
na Gráfica Vozes.